越過邊境
我們的領土才開始

夢中邊陲

目錄

基本上

我們作夢

隱隱然都

暗藏著一個竄改

世界的企圖

序言

翻開一本詩集是多麼奇妙的事
尤其是，那本詩集是自己寫的……

即使你對自己的作品
如此熟悉與了解
只要一翻開詩集
你還是會急切去尋找
一些新的意義、新的東西
甚至是沒有讀到過──或者說，
沒有這樣地讀到過的──詩行
好像它已獨立於你原先的想法之外
以至於在沒有人讀它時
它仍會兀自延伸、發展……

的確
一旦你把一首詩完成
它似乎就成為比創造出它的記憶
──甚至是你的大腦

更堅實、更可靠的存在
所以，有時我們還得透過它
來確證我們的記憶、
喚起我們的記憶，
甚至，透過它來告知我們
已忘掉的、忘記記住的記憶
——也可能是一些不曾記住、
不曾發生過的記憶……

每當我這樣想時
就會覺得，在我書寫的文字另一頭
有一個被創造出來後
便不再消失也不再受
我們早先的想法控管的世界
它們會生長、改變，並發生一些
我們寫詩時並沒有說到或想到的事
而每一次的重讀
就像回到一個早先經驗過、生活過的地方

一個記憶已經模糊的童年故居
我們預期著一些變遷與
新的事物……

當我們闔起詩集
抬頭張望現實世界
文字所代表的那個世界並不是像
關掉的燈、關掉的電視一樣結束
而只是
我們離開了它……

於是
在沒有詩的現實生活中
我們有了鄉愁

我們閱讀、創作
希望能夠回到自己
交付文字託管的國度……

■

在創作時，
我越來越帶著這樣的眞實感
來面對那由一個一個的漢字
砌造起來的世界
一種和夢境或夢想有著
相似的本體論法則的
語言學存在……

當我們打開詩稿
逐行讀、寫
我們就醒著進入了夢中的世界

在彼
我們治療、調養、
和無甚助益的良莠不齊的靈感
相覷而過、
和不同版本的自我

進行各式重逢與對話
有時，因為遇見變形或死去許久的記憶
驚嚇不已

每一次讀詩
我們回顧的路線與行程
都不一樣
所以每一次讀詩
我們都又重新創作了一次

■

基本上
我們作夢
在潛意識裏
都暗藏著一個竄改世界的企圖

希望　更接近自己的幻象
在薄弱的顯現中凝聚出事實的力量

希望　恐懼在噩夢中釋放
而失去在現實中實現的因果
──這一切就像一座預言的劇場
雖然，預言可能只是空想

創作等同作夢
我們刻意而爲
創作混雜眞誠與欺瞞
也是某種表演與僞裝
就像薩蠻教巫師的靈動儀式
我們不惜逾越自己、逾越禁忌
把修辭學與催眠術混用
讓內在自我的所有可能
應驗爲夢，
夢以文字爲病媒
傳染
主詞與主體脫節，達到
心靈置換的溝通境界

■

在這虛虛實實、眞眞假假

心靈置換的曖昧戲碼中

記憶是最基本的元素，

是先於語言之前的語言

所有想像力的啓動

都是這種「先語言」

生產、對話與組合的進行方式

我們把記憶

儲藏在外在世界裏

等待著感官

在未來某個經驗中

將它們一一喚醒

所以，我們其實是把

記憶儲藏在

未來的遭遇裏……

而「夢中邊陲」，
便率先成爲讀者
的遭遇……

第二十五時區

第二十五時區

「就按住這裏……
聽
鬧鈴無聲震動
時間誤入歧途
隨著這些詩行
隨著它們醒來
妳將睜眼望見
一個守候已久的世界」

「隱藏在鐘面下
記憶與幻想驅動的
文字迷宮裏
誰的身影在留連、作祟？
第二十五時區
在彼找到宿主
同步於計時節奏
和地球的自轉

廁身我們生活的
空隙與空虛」

「這多出來的祕密時空
徑自演化、生長
或被杜撰、張望
每一天
我帶著它旅行
每一天
它都在改變
異鄉
與故鄉的意義」

「懷著離鄉者的依戀
與創作者的冒險心
我牽著妳的手──
離開桌上豐盛的早餐

來到
親密卻陌生
這文字與思想的荒瘠之地」

「在彼
我還沒出生
還沒有戶籍

我還沒醒來
還沒有故鄉
只有一個
未曾謀面的地方
我卻渴望回去」

妳所愛的人正在我的內心裏衰老

妳所愛的人
正在我的內心裏衰老
我極力以多情的
陰鬱言談來隱藏

像隱藏某種絕症
某種魔法的消失
或多情陰鬱之我的
闕如

我的孤立
被確立於
我必須對所有人
特別是妳
隱瞞
一個夢的死訊

對一個渴望

鉅量的愛的

年輕又無辜的世界

我既不專心又

力不從心

對一個渴望

鉅量的愛的

年輕又無辜的世界

那屢屢被自我意識

照出原形的深情

只是虛假到骨髓

自欺欺人的幻影

所以我們抵死糾纏

意圖以某種微型婚約

確證愛情相隨如影

而種種親密的言談

好像就只爲了圓滿
一次次肉體之歡
.

妳所愛的人
正在我的內心裏衰老
但妳並不知情
繼續向我虛擲
妳的青春　信仰
怒氣與失望

再沒有比這更
教我憂傷的事了：
一些深層的清醒
已污染了我矇昧的幸福
……

但我並不知情

我自由進出於那

禁錮著妳的愛情

自由而自棄

愛已無法

治癒我的虛無

妳所愛的人

正在我的內心裏衰老

在酒館爲自己的詩集寫序

我依舊喜歡
春寒料峭的雨日黃昏
因爲懶得帶傘
狼狽躲進街角
人聲鼎沸的老酒館

烘托著暖意和酒意
挑高大廳裏老主顧
總是不由自主地
凝聚在各式不祥傳聞中
互換眼神　互通聲息

兩萬年後的冰河期
已急遽提前　我們
已在動盪的世局
在妖嬈的晚霞　迷途的颱風
在冰雹　漏斗雲　極光以及
早歇的商圈裏感受到

它不可測也不盡可信的
影響力

酒館處於亢然的氣氛
還包括未完成的歷史
據說已經捲土重來：
前「冰河社」成員
已陸續回到島上
將在此重新宣揚
神祕叛逆的天啟

天文台台長兼燈塔收藏家F
違法吸金的女巫H
被開除的軍機駕駛員K
詩的捕鯨人L
他們的傳奇仍被傳頌
而名伶Q
至今還有許多人單戀她

我在人聲鼎沸的酒館
為自己的詩集寫序
屢屢被四周高亢的言談
打擾並
侵入詩作中的場景

他們還聽聞
Q已原諒L
H已繳清罰款而
K的膽大妄為並沒有因
上次的政變失敗、
飛機失事而
稍作收斂

現狀如此沉悶
雨後黃昏詭異的美景
令人心慌

一首和抑鬱的時代
並肩困坐一隅的詩作
能為失落莫名的人群
提供什麼樣的出路呢？

冰河社的團聚
還意味島嶼將
重返文學版圖
新的文明想像
終又成為可能：
單車少女將
再次飄然經過
露宿廣場的詩人與兵士
午夜的遊行因
延遲散場的歌舞劇
自動展開

現狀如此沉悶
暗潮洶湧的社會氛圍
令人徬徨
我在酒館爲
自己的詩集寫序
隱隱覺得有些
巨大的變局在醞釀

冰河社的成員
已潛入我們病痛的社會
一首新的詩作
正要啓程

我望著窗外
興高采烈回到鎮上的
逃學孩童
一再刪改著
格格不入的詩行

窗外的世界太忙太亂
太遵循現實的必然
何嘗呼應過人們內心
任何小小的渴望？

我的每一首詩都
一直試圖呼應最
貼近我的那些渴望
例如：
讓文明既定的行程
被意外的劇情阻擋
沿著每個時區接力
進行除夕夜的狂歡
例如
放全人類一個長假……

身為冰河社的成員
我對人類夢想的

權利與能力
責無旁貸

這本詩集正是
團聚的開始

我們已陸續回到島上
不論假以多長時日
F、L、H、K、Q
還有你
我們
都將一一現身

最初的戶籍

我必須不時回到自己
神祕的源頭
座落於永動宇宙
與永不可測的宿命
之間
徹夜開燈的書房與
情人欲融的肉體之間
漆黑、自由而受限　啊
光的溫床
酣睡著黑暗的安全感

那是未成形的意義
庇護之所
無限量的
溫情、
肯定與寵信
我只留給自己

我以漆黑來療傷
以神祕來隱藏
以想像來滋養
以私屬的喜悅來抵抗

當意義形成
文字前來認養

靈光一閃
我便將脫口說出
這甜蜜的咒語

孤鶩海峽

被太深的海洋
深深影響的氣候所
深鎖的北方漁港啊
我疲憊的
亞熱帶行程
在彼拋錨了

暗含冰河期低溫的
水氣與雲層
大幅縮短著
秋暮的白晝
每日
我在鎮上唯一的街道
徬徨行走
無從離開
遲遲不忍完成的
這首荒涼的詩作

郊遊高原

像戰爭結束後
忘記被召回的年輕士兵
駐守於針葉林與高原邊境
終年追逐野兔與山鹿
他們被永遠遺忘在
童年的郊遊裏

跨海大橋

長達140公里的跨海大橋中間
我獨自徬徨
所有人車已因強烈颱風警報
撤得精光
只有我在出奇平靜的
細雨中四處張望

橋的兩端沉入
淡漠的海平線
陸地的存在化爲
擱淺的海市蜃樓

我的存在像一粒鹽
被稀釋在一片汪洋
我的孤立
是我
唯一的座標

舊皇宮對街

拱廊下的占卜者
擁有許多非法的知識
在油氣燈凌亂照射下
還有許多非法的背影　晃動
洩漏出他們的身分、
身世與內心的
動靜

只有車燈掠過時
那些陰暗的想法
才會急急隱遁

大稻埕北路

在被當代街廓與書寫
冒名頂替的
古老城區裏
我總會記起
始終不知是眞是假的
當時的記憶：

匆匆折入
最容易錯過的巷口
父母親背著病熱中的我
回到燈火通明的舊宅
卻讓錯入夢境的我
錯過了巷口
整夜迷路
尋覓
在漆黑的騎樓

霞氏舊宅

不再打開的
音樂盒
永遠禁錮了
一首單調　謹慎的樂音
和
少年時代我在冷冷廳房單戀她時
緊擁著我樸素渴望的
過往時光

溫泉旅館

寒流是薄如蟬翼的雲層

漸次瀰漫在

妳寬鬆的衣裾底下

涼涼的脂體與

溫熱的氣息之間

我的羽翼掠過

香馥的風阻

我的思想

失速　於

地熱的谿谷

街角麵包店的樓上

繞過耳根就到髮際
繞過眼梢就到思想
我的嗅覺完全被一個芬芳的思想攫住了
像赴死的蜜蜂
整個思想就是一團蜂蜜

垭口

穿過漫長、滴水的隧道
我們來到荒僻的山頂

這條永凍的荒徑
連結著全世界
九千公尺以上的山峰
和雲朵

強風就直接從
冰冷的繞日軌道上吹來
讓這一整面山脊
像地球的帆

推動著
附著其上的我
壯闊的自轉與公轉

天文台

他相信
他所愛的人隱藏著
神祕的來歷
在她引領下
種種美滿的遭遇裏
他總是唯一的凡人

有古董家具的房間

她的吻
像井邊拋下的繩索
我卻執意閉眼
做沉溺夢境的井底之蛙

途經宗廟大街

清晨　疲憊地回家
靜默的清道夫在晨曦中清掃星星

永夜社區

雨夜，整個世界
又回到原先的狀態：
我還年幼，醒夢不分
美感的礦脈尚豐
心中雨林未遭破壞
被窩猶溫天猶黑

聽雨階

雨夜

我們穿著白色短襪相互追逐在

高高屋簷下長長走廊的地板上

偶爾靜坐

聽雨

雨聲像聽覺上的星星

閃爍在漆黑的呼吸裏

永樂國小

在夜裏忘記放學的
童年校園
一排排長廊與
寂靜教室禁錮著
陰暗無人的操場

我一邊盪著
吱吱作響的秋千
一邊熟練地在夢中
思索
如何逃出這
被日蝕施咒的童年

葡萄園

也許

我注定要去相信

視線盡頭後無窮的驚喜

那是我童年的祕密

隔著斑駁的高牆

咫尺之間就有一

遙遠的異國

座落在彼

雞犬相聞

年代　風俗　氣候迥異

並視圍牆這頭的我

為一翻牆失足後

流落異國的

孩童

懷舊社區

像一台陳舊的收音機
仍舊接收著早不存在的頻道
擱淺於今天上午的
百年巴洛克華廈
不知正專心地聆聽著什麼
始終背對著我們

醒前一秒的地址

白兔在我黑暗的夢境裏
四處探嗅
我因爲努力要
延長在夢中的逗留
無暇理會它
只有晨光洩入
它才乘隙逃走

黃檀南路上的青鳥

每次
你想放棄時
牠便出現
停在
只有從你的窗格
望得見的樹梢
迎風一枚
藍得發亮的雲彩

清晨你醒來
便又再度年輕一次

201教室

耐不住

燠熱的午後

混跡於台下學生間的

精靈紛紛現出原形

一頭山羌躍窗而逝

兩隻松鼠在教室後方

啃噬一顆果實

一隻蝴蝶正躬背

破繭而出

我驚惶望向妳

而妳還好　端坐在彼

在剛上漆的鑄鐵路燈下道別

美麗的眼睛

都必須牽動著人類的痛覺嗎

我這麼近地望著妳

像麋鹿靠近教牠喪命的湖泊

我這麼近地思索著妳

像盲眼的燈塔探測一個即將淹沒它的風暴

又這麼近地想念妳

像一塊堅實的墓碑斜靠著易朽的肉體

她

她柔軟的嘴唇
像天使的雨鞋
涉過我憂傷的淚水

薔薇科戀人

像專注而又太謹慎的

柔軟的快門微張

色彩浸漬過的光

仔細傾注進來

妳用恆溫的皮膚承接

眼泛淚水卻捨不得閉上

因爲妳要看見並參與

自己絕美基因的裸裎

與豐盛意涵的舒展

那被細心保護與妝扮的小小慾念

如此接近我在詩中的窺探：

當愛情或時光凋謝的時候

這被冲泡多次的記憶

會不會就是我們僅有的

安慰與憂傷

半人馬

他在時尚餐廳打工

上半身屬人

下半身屬獸

擁有兩個心臟

一個靈魂

因爲無法被歸類

一直找不到行事

或德行的標準

他戴耳環

像自古代脫逃的奴隸

不知自由爲何物

卻全然自由

他勾引　服侍並

踐踏美麗的女子

溫柔　細心　但

不知負疚

狐狸精

狐狸精在鬧市
開了一家餐廳
她們美麗性感
又清純無比

為首的領檯美女
像輕輕滑過眼球的慕斯蛋糕
長髮長腿
著高跟球鞋和短裙

她們直立行走時
由於潛意識中的
一條尾巴
緊夾臀部而
略顯生澀笨拙

我陰騭地坐在角落
低頭用餐　讓
她們裸露的肚臍

和沿著輸卵管
起伏的下曲線
穿梭在鬢邊

她們點餐時
專注而用心
上菜時
興奮又細心

她們的服務
過度體貼與親切
彷彿正熱切學習
人類的應對

只有
客人帶著寵物進來時
眼底的虹膜
才會閃出
一瞬即逝的不豫

前世戀人

那時
顯然已經動搖
她不時轉頭向我
是求助的訊號嗎？
眼神中卻只有堅定的指使

我及時來到跟前
心領神會　溫柔如昔
她抬頭望我
因為角度的關係
漆黑的眼珠被
薄薄的眼白舉起

平時難以捕捉的
美麗雙眸
為了探測我的忠誠
此刻棲停在一株
小小的果樹上

以那飽浸雨水與
粉色夢境的
晶亮眼瞳
照射著我

然後
迅雷不及掩耳
被柔和線條看守的
瓷器的冷淡與優雅
砸碎在斷然的哭聲裏

被下癮的嘴形
徹底翻覆的甜美臉蛋
有如被蜂蜜　露珠
與冰雹襲擊的
奶油湖泊
無法承載一句
清楚的話語

她熟練而激動地
表達她感受到的敵意
片面之詞的委屈
也許也有
啜泣掩護的心虛

我氣定神閑擁著她
將她抱離觸犯眾怒的地表

女兒在
我及時馳援中
找到了下台階
我則在那命定的
豐盈感受的雲端上
一時找不到
重返地球現場的
思緒

夜遊神

夜遊神例外
夜遊神是永恆的失眠者

他以一點點
純度極高的
醒
抵抗了無邊睡眠的溶解

因爲一點點
純度極高的
醒
他必須廝守在一個
沒有破綻也
沒有醒的
夢境

銅像

從天上的星星

直接降下來的雪

落在你青銅的鞋尖

和我僵硬的羽翼上

親愛的王子

現在，我們終於

將自己揮霍殆盡了

在全城最高的塔頂

卸除了一切

以無比的單薄與裸露

擁抱著全世界

在城東，衣著襤褸的父母親

驚喜捧吻著天外飛來的珠寶

在城西，病榻前的禱告應驗

你身上的金葉被連夜典當

而深印著你悲涼視野的

那兩顆藍寶石

將數度轉手到其他權貴手上……

親愛的王子

除了刺骨寒風和

自我毀傷的慘然

我們已一無所有

你已瞎眼，我已死去

我們永遠都不知道

我們盡了全力去援救的童話

是否從此脫離苦難

唉！因為生命總是

並不像童話一樣……

我們只知道

親愛的王子

你已殘損，我已死去

但我們仍將以無比的溫柔與裸露

全心，全意

擁抱全世界

平流層

雲朵呵著比春雨還細微的
露氣
擦拭著地球
這麼地專注
像某種輕如鴻毛的傷心……

對流層

我在潮濕的雲朵裏窺見
它曾試圖投遞的
能見度很差的
風景

我就站在那風景之中
一隻斷了線的風箏
始終沒有
觸及雷電

公轉

當地球公轉到
彤雲密佈的軌道時
嚴冬已籠罩著我們的文明了
赤道上的友人
以前所未有的憂慮
告訴我種種成讖的
不祥預言

每夜
外太空的大雪
侵襲著各個緯度的
城市、海洋與花園
無從診斷的
地球的異狀
正在瓦解
我們從文明裏
可以獲致的溫暖與安全感

憂傷的異國歌曲
維繫著我們社會
一種深不可測的
傷風和訣別氣氛
在酒館、捷運站
和文學作品中
蔓延

孤島

那些苦心孤詣的字句
像無數瓶中書
壅塞在不遠處
廢棄的港中
載浮載沉

我們從不知道
它們真正的下落
我們已賦與它們
各種完美的目的地
並夢想隨之逃離

每個孤島於是被
無數瓶中書
簇擁著、創造著、逃離著……

迷路於溫帶內陸的颱風

颱風過後的雨夜

空氣中瀰漫著

大量樹枝摧折後

清新的木本香氣

我趕到電力永遠

無法恢復的

林蔭小城

意圖與一件

神祕而龐大的事件相遇

但是在彼只有

疏散一空的

文明　守候

龐大的事件離去後

永恆的荒廢與空虛

出席的缺席者

他們談著天體和占星
宇宙被還原成
超大型旋轉木馬
在我們的命運之外
輕輕轉個不停

我在一旁暗笑
如被不知情的人
嚴肅談論到的
出席的缺席者

缺席的出席者

他們談論著天體和占星

我喜歡星星們因此

都聚攏過來聆聽

落英繽紛大道

春雨靜靜淋透
濃密的林蔭
發散出潮濕、
冰涼的氧　和
樹皮、泥土的氣息
像要以整個城市的綠
沖泡一杯
可以細品
一整個三月的茶

春雨繼續
靜靜淋透
林間的羽翼
稀落的琴聲
和其間反射的光

繼續淋透
遙遠的市囂
我的外套
我的肺葉

我放棄抵抗
和孤芳自賞
在雨中酩酊
如一枚舒展開來的
茶葉

座落於霧中的住宅區

我並不知道
濃濃晨霧之後只有
一片薄薄的樹林
深鎖的鐵門
深鎖著一片寂靜的宅第

我也不曾預期
這薄薄的想像
一旦在書寫中發生
會迅速連鎖反應
發展出理所當然的劇情

於是我就瞥見了
可供探問的人影

「對不起！請問……」
人影在扶疏花木間
消失

但我來不及追問
因為下一行詩還沒發生

我並不知道
濃濃的文字之後
只有
一片薄薄的樹林

會所

聚會結束後
祭司叫住我
再三叮嚀我：

「在環伺的敵人面前
不要透露你的
愛情與詩作」

「孤立的時候
不要讓自己顯得
脆弱」

「要像風車或
風力發電機
迎面而來的
空曠
都是你的力量」

市政廳

在巨獸侵襲過的市政廳前
兩個巨大腳印一個踏陷
新種的鬱金香花圃
一個踩扁了
剛竣工的捷運站

虛構的興奮與恐懼
使這座平俗可憎的
城市浪漫起來

午夜捷運

午夜
一列失眠的高軌電車
燈火通明　環城而行
好像某種一到深夜
就逕自啓動的巨型模型

列車上
除了看著窗外的小丑
空無一人

街道上
所有明天會醒來的
皆已入睡

所有
不小心會目擊我在夢中
荒唐行徑的
都已入睡

現實已離開
午夜的鬧區

在這樣甜美的時刻
再醜惡的都市
黑夜都願意緊緊摟著它

月球高速公路

海拔8848公尺
高速公路山頂收費站
硫氣蒸散　雲霧籠罩
我們停車
上廁所　瀏覽風景
迎著寒風打哆嗦

繼續往上的上坡路
還在施工
雪巴人靜默操作著
星球級的架橋機械
在雲霧的縫隙中
我瞥見越來越近的
寧靜海

所有不可企及的目標
只能在詩中發亮

首席夢想家

暴風雪後我到夢想部加班
那是一幢斜斜屋頂大如山坡而
入口木門有如糖果店的機構

「文明的問題已經轉向，」
當我路過戶外抽菸的工程師
他們正在議論我創立的夢想部：

「總有一天
那些專業、量產的夢想將
因爲太能滿足我們的夢想而
永遠剝奪了個人
超越現實的想像力量」

進到室內，望著月球高速公路的藍圖
我在內心裏辯駁：
「就是因爲可能這樣
我才預先把你們想像出來的啊！」

雨中新書發表會

細雨帶來遺忘已久的美景
雖然視線模糊不清
我相信撐傘徐行的妳
始終沒有出席
但曾走到轉角附近

遲來的讀後感

那時
每本書都是一個祕道入口
每夜我瞞著父母親
冒著回不來的危險
恣意進出於
各式故事與戀情

如今
那些書的入口都已封死
那些只為我開放過
便永遠荒廢在彼的
密境啊

萬一一首詩

萬一讀者依照詩中線索
來到我們的文明盛世
而我們對盛世文明的
想像與描述還來不及完成
他們將陷身於晦澀不明的詩境
甚至回不到原先閱讀的路徑

如果是這樣
我們就必須另外寫一首詩去找他們
我們將與他們狹路相逢
在朝聖途中的夜晚
在旅館空曠的大廳

我們會以其中一些詩行
對若干誤讀或誤解
表示遺憾與補償
但是詩的傷害已經造成

Dear R
一首詩
一首太美滿的詩就像
愛情裏太輕率的諾言
唉　我們總是急於感動於
我們不曾完成的傳奇

文學館

在文學殿堂上
他們沐猴而冠
致詞荒腔走板
但無知已賦與他們
「知識」的權力
去決定「偉大」
去甄選別人的桂冠

他們急切地在
過度裝飾的印刷品上
張貼自己的作品
和吹捧的講評

文學一次又一次
溫馴被帶上台
被廉價穿戴

優秀的詩人
在台下索然
皺眉、打呵欠
死後還得陪他們
出席在他們的文學史上

放棄寫的一首詩

那首詩前面的幾行
後來都被刪掉了
後來整首詩都不得不放棄

原本努力要放進作品的
想法和訊息
沒有形體可以容身
像圍繞腐果的果蠅
揮之不去

但腐敗的蘋果也被移走
文字被抽離
想法落空
只有心中的悸動
似乎存在過

廣場上的新年晚會

瞞著我的孤獨
我偷偷和她相約
在燈火如畫的會場

當煙火幾乎照亮整個地球
幸福幾乎淹沒我的時候
我始終惦記著
我的孤獨

文學末日

我們已經走過文學的終點了嗎？
為何我們如此徬徨
文字卻無以名狀？
他們閱讀著砂礫
卻篩洗掉一座座
心血結晶的礦床？

鬧區

鬧區打烊的一瞬
他們的心沉了下來
他們慌忙撤離
朝下一個
燈火通明的街區
或城市移民

他們不解
那麼多孤獨的人
如何建造出一座座
無知又迴避孤獨的
城市？

鬧區2

用整個太空的黑暗
也掩蓋不住
午夜街頭
點菸少女眼裏的星光

市集不再的荒涼廣場

我愛戀的女人

隱身在我的後宮裏

我從不曾遇見她

卻一直感覺到

她憂傷的眼光

巡視著我貪歡的國土

預言了它的荒涼

我們的衰老

且未及相遇

肉眼看不見的詩

肉眼看不見的詩
被視爲閱讀時
可遇不可求的幻覺
它附身於
疲憊扭曲的文字裏
呼之欲出卻
被溝通的極限禁錮

我們撫摸著
手寫或仿宋字體的詩行
感覺到它的氣息
但是
再怎麼苦心孤詣的
書寫儀式
也無法將它召喚出來

只有一行行文字的屍骸
記錄著
它們被
死火山燙傷的所在

古城區

我到達的時候
酒店已經打烊
等候的人已負氣離去

走在深夜的巷弄
腳步一直跟不上
忽隱忽現的影子
星星越來越遠
路途越來越長

高掛於高牆上
昏黃的窗內
每間臥室裏
睡得鼓鼓的睡意
都簇擁著我
排擠著我

啊　親愛的Q
屬於妳的那一座城堡
那一塊芬芳的地球
已從我的時代
剝離遠去

我被放逐在
我的旅途
我的斗室　我的文字裏
一次又一次
一次又一次
懊喪地想念妳

重回以前的地方旅行

當我再醒來
我們就可以
重新開始了嗎？
像新的一秒一天或一個世紀？

妳就會忘記
我的過失與欺瞞
妳的傷心與失望
只記得在幸福依舊年輕的
上個世紀
布蘭登堡伴奏著流星雨
運河在午夜通航
地峽兩邊的大海
沿著滿溢的眼波
匯流以鹹鹹的
淚水

妳就會忘記
作祟於我們夢中的
悔恨與懊喪

只記得我的承諾
和曾經
妳深信不疑

如果，便……

如果天使從不曾現身
便不會有失去
不屬於自己的天國
的憂傷

偏偏她帶來了信仰卻
帶走了所有的神蹟

夾在古書中的NOTE

妳怎麼可能不知道

一千年來

我其實一直都在寫給妳？

像恣意被暴雨沖刷的

沙金

妳的淚水

怎麼可能不曾反射到

我孤獨、閃爍的光影？

在最悲涼的夢裏

「在最悲涼的夢裏
妳的美麗與青春
屢屢和我的愛情
錯身而過」

在最悲涼的夢裏 2

在最悲涼的夢裏
年輕的靈魂
在衰老的肉體中復活了……

初生的慾念和渴望
被活埋在自我厭棄的皮囊

像不甘逝去的亡靈
猶纏繞於情人的指尖

這永無休止的悽惶
親愛的ㄉ
讓我們含淚吹熄它吧！

在最悲涼的夢裏 3

「那僅有的一次機會

早已從現實中刪除

你在夢中復得

徒然讓醒時

再一次失去」

我無言以對

我無言以對

站在今天的光陰盡頭眺望
不遠處明日的廢墟
野貓成群在彼祕聚
牠們的觸鬚迄今
仍令我的思想
隱隱作痛

你是如此孤獨因此你並不孤單

你是如此孤獨
因此，你並不孤單

我隔著茫茫人海
穿過千萬只耳朵
急著要告訴你
你是如此孤獨
而且，你並不孤單

所有興高采烈的事
都壓迫著我們
所有喧譁
甚至春天騷動的花訊
都壓迫著我們

人數比我們多的
俗惡意見

壓迫著我們
人數比我們少的
詈罵與歡笑
也壓迫著我們

所有美麗、
醜陋與平凡
都壓迫著我們
甚至誰都到不了的
遠方
也拒絕我們

我們遮掩著
我們的自憐、
侷促與不安
出席在歡聚場合
或低頭穿過街頭

深怕一個不同的
不以爲然的眼色
洩漏了我們

洩漏了我們
高貴與卑賤的籍貫
脆弱與軟弱的遺傳

洩漏了
我們的
優美、潔癖
與
陰性

洩漏了
我們作爲
少數者的
劣勢與

多數者的
平凡

我們
是如此孤獨
因此
你並不孤單

桂冠詩人告別式

在顯赫人士的葬禮上
我逕自退回到
自己版本的永恆花園
獨享生者無從分享的
憂傷釀蜜的蜂房

在那薄霧侵蝕、
褪色野花盤據的永晝之地
所有我懷念　耽溺或
懷抱不等親密與歉意的
老去的名字將
盛裝打扮　以
最美好的那部份
回憶

簇擁著我
引領著我

而我該如何盡情演出？
來回報這場太美滿
而讓全世界都
捨不得離去的
葬禮？

終點站

公車一直沒到終點
我也一直沒下車
形形色色的乘客
上上下下來來去去

一度我覺得它正
穿越苗人聚居的山區
一度我覺得它正
塞車在摩爾人的市集
午夜時
它在巴黎的住宅區
停靠了五個站牌
卻只有一隻黑貓上來

THE DOM

城裏最大的神殿
在煙花節的河邊落成
在彼
無數巨柱托舉著
屏息的仰望
無數電扶梯盤繞
旋轉著撩亂的目光

挑高如聖母院的
哥德式中庭繁殖
鐵鑄穹頂　玫瑰花窗
還有
白鴿　斑鳩
黃鷺　蝙蝠
築巢　飛翔

在彼
香煙嬝繞

香馥瀰漫
陽光自軒窗
和高大喬木的枝椏間
穿刺而下
琳瑯滿目的精品
欣欣向榮於
櫥窗、溪谷和水湄
美好的慾念
寄生其間
與美好的貪婪

盛裝的人們
肅穆梭巡於
打過蠟的結冰河床
眾神的後裔
進化爲消費者
整批或零星
贖回自己的天堂

殿外的世界
被厚重的玻璃隔開
只有密實的冷氣
隨顧客外洩出來
在彼
娼妓坐廟
攤販麇集
衣香鬢影
交通阻塞

我靜坐階下
瞻仰著四周
盛氣凌人的文明盛況
一面
緊守著內心
一個倖存的
小小邊疆

海濱酒館

就約在海濱酒館吧
週末夜晚那兒總是
人聲鼎沸、熱情洋溢
好像避難的人進來後
就永遠不再離去

美麗的女主人
穿梭於杯觥、醉意與
越軌的興奮言談之間
像在蟲蛇密布的沼澤
恣意練習施咒的精靈

她優雅地招呼客人
風情滿溢
我們心不在焉地談笑
目不轉睛
隨著那施咒的手勢、衣袂
跋涉在險惡的沼澤裏

遞來的這杯是「退化的慾念」嗎？

殘存的自憐自戀

與不現實的渴望

被各類酒精吸收

調成發散稚氣而

容易下嚥的感傷

「大熊大熊你還不過來幫忙」

我們忙著以朦朧醉眼

從杯底打量自己時

她卻又頤指氣使

總是以尖刻的言詞

讓同居的老作家難堪

那不就是我嗎？

但我甘之如飴

像遜位的父親又像

被善待的俘虜

欣然應答

頗負盛名的老作家
年輕時曾深深傷害過
我們美麗的女王
他和許多人勾搭
挪用她全部的家當
並用副作用最強的謊言
揮霍了她的青春

他傷透她的心
卻像打破花瓶的孩童
逃離了那個時代

在文學史上
遊蕩多年之後
我飽受評論者的冷遇
窮苦潦倒回到海邊這
從不曾放在心上的
沒落社區

她則如老作家原先
劇本編好的
全心全意留住他
狠狠地照顧他
好像意圖重寫一次
當年的交往

「大熊大熊！你還在這逍遙偷懶！」
女主人的斥責
已追到這個角落

我欣然應答
暫時從文學史抽身
回到海邊酒館
心悅誠服地為我
劇作中摯愛的女主角
卑微地
打雜

桃花源

桃花源

每六十年一度的中秋節
才能重返桃花源

當如蠱月光
照臨深潭對面的峭壁
移動的陰影在
隱蔽的鐘面準時
洩漏了變色獸擬態的
溯溪岔口

把握住那稍縱即逝的
時空縫隙
大自然自己也不知道的
祕密風景
便裸裎在前

就像把握住
肉眼看不見的詩意

或妳最及時一次回眸
原本不存在
不確定存在
不知其所在的
都有了確切的
消息

就在那
那寂靜欲眠
黑色山林覆蓋下
一條發光的溪澗流淌
在沉睡的故事中醒著
在荒廢的想像中
真實著

許久許久
應該是汲水村婦

發出輕微如野鹿
擦過樹葉的聲響

我豎耳傾聽
屏息以待
因爲最無來由的懷鄉症
正要被揭露出來

妳滿眼淚水
在目擊倖存的父祖之父祖
緩步離去如野鹿
擦過樹葉之一瞬

每次的創作
或每次尋鄉之旅
都是同一個地點
在我們的內心中

不斷遷移和改名
的過程

符號的石林
語言的溶洞
以及閃爍其間的火光
所顯現出來的神諭
基因該記住卻都忘記了

就在那
不可重複的遭遇啊
重複錯過了
從遠古時代到
東周末年的記憶
我們的初次相知
到最後一次相惜

桃花源之二　采薇

那天晚上
我們投宿於狹隘山腰上的小村落
第二天大清早
陽光還沒驅散山中的霧氣時
鄰家的村婦們已沿著石牆外的山徑上工去了
他們興高采烈的低抑言談
與神祕的行徑
讓睡夢中的我還來不及醒來
便披衣跟到微涼的戶外
母親　妻子及一些童年時的親友
早都起來了
他們跟著村婦們
歡欣地沿著山徑採食野蔬

每天早晨
這條平緩的山徑都會流淌成
深及腳踝的清澈小溪

每天早晨

經過一夜的孕育生長

這條小溪都會再次佈滿

各式的葉菜　水生植物

新鮮嫩芽及娉婷的小花

我們赤腳涉溪

躬身彎腰

即摘即食著這些青嫩甘甜的根莖葉

並陷入一種

無法自拔

無法進化的

草食動物

寤寐的幸福裏

桃花源之三　水庫

一百多年前
人們蓋起了超大水庫
倖存於我們記憶之外
這個與世隔絕的村落
較低的房舍或
許多房舍的一、二樓
於是被留在水面以下

從此以後
像介殼般緊貼著
陡峭的坡地繁殖
這被遺忘的村莊
過起兩樓的生活：

部分人上山打柴
在侷促的園子裏種菜
繼續向天空汲氧
住谷底或樓下的

則讓鉅量的水體
填滿自己的水族箱

我們造訪底樓住戶時
一家六口都已適應了
優氧化的湖底世界
卻又執拗地假裝
一切都沒有改變

靠著怪異裝備和
昏黃混濁的天光
我們努力坐穩在
水底臥榻和太師椅上
戒備著夢境的搖晃

他們剛從淤泥覆蓋的
廟窟廢墟
覓食回來

扭擺下肢、無聲無息
魚貫游入廳堂

沒有表情的深黑眼瞳
深深污染到湖底水族
無從分解的
漠然

桃花源之四　有巢

一棵古老的樹

繁衍成一座熱帶雨林

就像一場午夢

沒有及時醒來

便橫流成荒誕的事實

雨林裏

人類被濃密的樹蔭

蠟染出碧綠的膚色

他們遂以樹果之姿

進行吐納

與光合作用

在參天巨柱的樹洞裏築巢

以密佈的枝枒編織著

遠離地面的

世界觀

他們在樹冠與
雲霧的鷹架上
攀爬、跨越
歡歌、繁衍
他們是剷除了羽翼的
雀鳥
共棲、共產
沒有失眠與負擔

清晨
陽光斜射
如探入深海的溫暖
讓冰冽的皮層
起一陣寒顫

午後
陽光斜射
如每日的神諭

穿透空洞的殿堂
照亮幽暗的思想……

他們輕聲細語
放棄了多餘的尺寸、
骨骼與器官
放棄了大量辭彙、
知識與歷史感
整個生命遂
輕如鴻毛

偶而，超大雷雨侵襲
這些在演化之旅中
迷途未返的靈長類
被驅趕到樹蔭下
淋濕的眼神裏
依舊閃著
不滅的火種

文字遊戲

我

是的吾愛，在第一行之後
我就必須現身了
帶著「我」在古典時代的謙虛、隱遁
和此刻的急切、張揚
來向妳展現躲在「我」後面的我
在文字上可以被杜撰的
豐盛可能
以及它所暗示的
在現實上無須兌現的
豐盛可能

當然「我」仍將謹守文學內外的
真誠與矯飾
那是妳專心閱讀的基礎
也是和第一人稱若即若離的我
在愛戀與創作中
和「我」之間的
默契與承諾

但是「我」似乎不以爲意

他繼續握著妳的手

以輕吐出來的甜言蜜語

彈奏著妳的睫毛

用精巧串連的

動人詞彙

陳述並承諾著

我即使在文學作品裏

也無法做到的事

我只有適時中斷此刻的書寫

深深吻住妳

讓「我」窒息

妳

「妳」永遠是最靠近我的
只要我有話想說
「妳」總是第一個知道
或第一個不知道
正如此刻
一個被濕冷的寒流所宵禁的夜晚
一張被疲憊盤據的電腦桌前
我尚未啟齒
而妳
已經在句中守望
不管知道或不知道

不論我要讓妳知道或不知道
我總知道
妳總會
以妳所含糊象徵的
近處或遠處的幸福
注視著最憂鬱的那一行詩句
以妳的美麗與寂靜
梳理著我中年的感傷

雖然妳一直懷疑
文中的「妳」不全是妳
即使重點的描述符合
憑著女性的直覺
妳相信隱隱然有一些「妳」
並不是指妳

但，正如此刻，
我所極力傾訴
極力杜撰的
不一直都是妳嗎

只要妳
持續那無可比擬的
美麗與憂傷
持續在詩中聆聽
又持續在詩外讀我
妳永遠都是妳啊

但是

也許我一直喜歡「也許」這種不確定的
語氣
但是「但是」才是我日常思維
必經的路徑

沒有一個詞彙
像「但是」一樣
給我這麼多流暢的轉折
與警覺所帶來的安全感
像某種穿梭編織的思考零組件
某種舌尖抵著上顎的
辯證法或
煞車靈敏的
修辭學
「但是」微調著
簡單的語法無法勝任的
我們的見解

一長串堅實的論證

只要被「但是」反覆敲打

我就會

更安心採納

但是仍會繼續使用「但是」來

測試它

但是

這樣一個愛插嘴的連接詞

也往往讓我連

一個臨時的結論也

無法到達

從句子的開頭到結尾

我用「但是」恣意

扭轉著觀點

修改著故事

像造物者全神灌注工作的前六天

自言自語的口頭禪

星期天上午
當「終於」終於出現
「但是」卻離開了
伊甸園……

「但是」最有貢獻的時候
是緊接在自己的想法之後
但是，
它幾乎都是被人
安裝在別人的想法後頭……

於是

於是
於是就這麼發生了

這是多麼不負責任的口吻啊
我甚至還來不及釐清
來不及準備和解釋
上一句話就被歸納了

下一句話原本只要
使用到上一句話
小小一部分因果
卻整個都承接過去了

我握著妳的手
艱困地安慰妳
每一次的溝通
都是難得的機遇
我們在作品裏的關係

如此複雜
晦澀與曖昧
並不是為了逃避

理性對每個字義的偏執
抽象思考的續航力
都讓我不能作
這麼粗略的答覆
與承諾

所以
「於是」是不該常常出現的

「所以，你是
不愛我的……」

「當然不是──
不是這樣講……」

妳必須先弄清楚
妳是我在情詩裏
虛擬的告白對象
要我毫無保留地承諾
技術上並不困難
我如此塑造妳
呈現妳其實有
更深的用意

「所以，你是
不愛我的……」

「不、不
我只是認為『於是』
不可以輕率出現
即使我們的關係
已經成熟」

「不
你是不愛我的」
她的直覺
對我的理性
充滿戒心

於是，她開始哭泣

於是
她頹然鬆開我的手
不再接收我的訊息

顏色

很難

關於顏色

我極力想表達

但是文字和顏色之間

從來沒有等號

我曾試圖用文字來

調配絕美的顏色

一種可遇不可求

可感卻無從記憶

啊　視覺的彌撒

我曾見過它一次

當寶瓶座太陽低垂

座頭鯨的尾鰭都能觸及

它返照的迴光

穿透1013毫巴的大氣層

穿透赤道洋流與暗礁
折射至天頂
原先被白晝稀釋
宇宙中億萬顆星星　次第亮起
以它們微薄的亮度　彩度　熱度
填補地球和其它星球間的空隙

我曾見過它一次
當蔚藍迅速朝遠方撤離
而海水深處的低溫
緊緊勾留著我們
漸暗的視野
那是地球在遠古時代
某種氣息的短暫復甦
如今已撤退十億光年外

我正在調配的這顏色
是無法傳達也無法命名的

任何既有的字眼　或稱呼
都只是在誤解它　誤導它

像現存的宗教無法解釋的宗教
像此刻的愛情無法救贖的空虛
這顏色始終在文字之外
波長之外

但我渴望和妳一起看見

書的遊行
關於台北節一個真實的構想

讓我送妳一本書
為妳讀一段故事
或就獻上一個吻吧！
扉頁幽靈已在催促
鐘聲已經響起
紙文明的慶典也準備就緒

讓我牽著妳的手
穿過各式索引、目錄
來到人類心智的叢林
或就讓我以禁忌知識的黑袍
來遮蔽妳的雙眼吧！

這座城市是如此喜愛閱讀
所有失戀的人都成為作家
所有失業的人都當發行人
陪流浪狗過斑馬線的女孩
也可能被寫進書裏去了！

這座城市是如此喜歡閱讀

捷運車廂裏傳閱著

剛出爐的詩集

露天咖啡座上總是

圖文並茂的新菜單

和上一個客人留下的小說

而永不打烊的書店

像失眠的神殿　巨大的燈籠

我們撲向它時

臉上閃著蛾類迷醉的磷光

讓我牽著你的手

到人群簇擁的廣場吧！

遊行正要開始

蔡倫、畢昇和古騰堡的畫像被掛出

各家出版社的旗幟在飛舞

鴿子已被驅趕到市政府頂樓

和漂浮的氣球上了！

今年遊行主題是羅曼史
我們以濃情蜜意和歡愉創意
呈現繽紛多變的愛情、
歷來的戀人與不朽傳奇
市長騎在馬上扮唐吉訶德
我們熱愛的名伶是永遠的阿芙洛蒂

然後全城的藝人和舞者
以最華麗的表演行列詮釋
羅密歐、茱麗葉與紅樓夢
梁祝、白蛇傳與小美人魚
行進中的樂隊和花車上的樂手
忘情為他們伴奏

穿梭其中的扉頁幽靈
是憂傷又神祕的小丑

然後，像巨人的書房大搬家
出版社魚貫推出他們的招牌書

精美的雋語或插圖
被放大如五顏六色的機翼
鼓動著讓心靈飛翔的空氣
在城邦與共和國之間（或遠流與大塊、
洪範與印刻）
我們將再度擁吻

當作者們現身
多麼易感的時辰
他們羞怯地向群眾揮手
或揮舞著得意的傑作
不論是諾貝爾獎得主
或是斜背吉他的新人
他們都是城市之夢的織工

古老印刷業的推手
他們朗誦、交談或傻笑
隊伍停下時也不停止
那是聶魯達或艾柯嗎？
我們似乎看見他們稍縱即逝的身影
然後，我將再度索吻

然後，
讀者，全城讀者緊隨在後
高舉著他們最耽溺的作品
四處發送他們喜愛的書籍
他們朗讀、高歌或交換心得
渴望寫作　渴望美好的生活
混跡在字裡行間
扉頁幽靈匆匆和我互換一個眼色

讓我牽著妳

回到廣場吧！
書的遊行
已將整個城區團團圍繞
咖啡香與花香、紙香、油墨香
充斥於空氣裡
即使山邊的霏雨
也無法澆熄

讓我牽著妳
並輕聲問妳
妳看見了沒？
我寫在彩虹上的那行詩句？

藍色時期

——那些難以啟齒的憂傷

沒有堂皇的喟嘆可以置換：

我仍在熱戀

自覺幼稚

卻即將老去

I

那麼難以啓齒的喟嘆
我卻必須虛擲一千行詩
來將其隱藏

II

在時光的加速度裏
一切反省與成長都跟不上
一切收穫與結果
都太遲太慢

有時
我們相戀許久
卻來不及相遇

III

有時
我們終於相遇
在神祕船骸擱淺的
草原中央

那時
部族的百年祭典剛結束
潮濕的鳥語和彩虹還在

但是注定的事
沒有發生

像部族最終消失一樣
所有注定的事
都沒有發生

IV

那不就是
星球存在的方式嗎？
幾乎
「什麼都沒發生」？

　　　　。

文明與愛情
時間與空間
人的量尺和
星球的量尺
之間的差距
有時大於
「發生」和
「沒有發生」

V

在時光的出海口
所有記憶都被風化
只有遺憾
像感覺的化石
裸露在乾涸的河床

VI

觸撫角獸的頭骨
閱讀殘損的詩行
可以窺見當時的
原野與年輕的
夢境嗎

所有遺憾
原本都有
甜美的來歷

VII

在時光的加速度裡
現實的終點或真相
乃永恆的荒涼

我們一度
以荒涼佈置
勇敢的視野與
未知的前程

唉
沒有比視野
更遮蔽視野了

VIII

在時光的加速度裏
年輕的夢境
緊守衰敗的軀體
我側臥在妳身邊
呼吸
那帶著女子髮香的
氧氣　驚惶流竄於
一座塵封的廟宇

IX

我側臥在妳身邊
睡眠輕輕地
把呼吸帶走

野花
──是石南花嗎？
迅速蔓延
它的根莖所觸之地
盡成廢墟

X

我們在睡夢中
被埋葬　分解
成為那片地表
的光合作用中
最艱澀的部份

那悲歡交織的記憶
或將
複製在別人的記憶裡

XI

我曾深情款款地
等待永恆的結局
像死者最終
領到他的碑銘

我曾以爲
我們或將埋骨於
一大片悲涼可掬的記憶裏
詠嘆著經典般
虛虛實實的
情感遭遇

其實不然

記憶穿過時間

像隕石穿越大氣

在愈來愈密的忘記裏

摩擦　燒灼　消耗

且消失了

悲涼的動力

XII

什麼是不變的呢？

在一顆迅速燒毀的流星上
我們許願　相戀
儲藏　緬懷　參加慶典
一切是如此輝煌
而匆促

這一切都在
它的光芒傳到地球之前
完成

XIII

什麼是不變的呢？

或者　至少
比我們的依戀再慢點離去？
當時的樂音已經衰老　不堪重唱
當時的深情也無從考據
比文學想像無稽
連記憶著當時的
此刻的我
都已世故　落拓
至不可辨識

再強的激流也握不住
溪邊的枝椏吧
親愛的ㄌ
美好的過去已預先
割傷了我未來的記憶

XIV

什麼是不變的呢？

一切記憶與書寫
不過是刻舟求劍：
我們把事件的記憶
深鏤船舷
流動的河水卻在原處
改變了事件

我曾經愛過她
或那樣地懊喪過嗎？
被書寫的我和
書寫現場的我
在這首詩的
行進當中
便迅速分離出
無數個念頭的
距離

XV

讓我們及早退出那些
華麗的爭執與惆悵吧
至少
讓我們的心
比生命早一步
抵達

讓雨後
輕快的沉重與
難以啓齒的感傷
把真相還原吧
把幸福藏入口袋
當它是一個
小小的意外

XVI

在大雷雨前
讓我們先溫習
草原上的冰雹

讓我們擁吻且
及時相遇於
神祕的船骸

當草原上的
洪水再度
淹過腳踝

船骸將再度起航
回到
記憶被遺忘的所在

XVII

親愛的ㄌ
這凌亂的獨白
像無謂的獻祭
當她還傾聽我時
我來不及寫得更好

最美好的時光
已隨她披衣起身　悄然離去
沒有一行詩攔得下
那幽香的氣息

XVIII

一枝接一枝的火花燦爛噴灑
迅速就接近尾聲

等一下　我著急地說
我還沒看清楚　想清楚
愛清楚
而且不知道
祂是否看過我的表現

她抬頭看我
在火光熄滅的一瞬

我佇立在黑暗裡
體會著
年輕、希望與愛情
因爲來不及熄滅
盲目發熱、灼痛

她那時正抬頭看我
我必須極力創作
尋回那一瞬的訊息

XIX

在時光的加速度裏
我們應該已
第一百次離去

文明的後起者
已守候多時
以更堅決的誓言
更輝煌的實踐

我不確定
我們全心投入的傳奇
有什麼比「沒有發生」
多一點點意義

我正在忘記妳的意義
我曾一意孤行、
全心投入的
「藍色時期」啊……

XX

但是她並不放棄
隔著髮絲與淚水吻我

好像屬於我們的文明明晨就消失

又好像我們總是爲
尚未降臨的幸福與憂傷
忘情地幸福與憂傷

索引

文 學 叢 書 177

INK PUBLISHING 夢中邊陲

作　　者	羅智成
總 編 輯	初安民
責任編輯	施淑清
美術編輯	陳文德
校　　對	施淑清　李奕昀　羅智成

發 行 人	張書銘
出　　版	INK印刻文學生活雜誌出版有限公司
	新北市中和區建一路 249 號 8 樓
	電話：02-22281626
	傳真：02-22281598
	e-mail：ink.book@msa.hinet.net
網　　址	舒讀網 http://www.sudu.cc

法律顧問	巨鼎博達法律事務所
	施竣中律師
總 代 理	成陽出版股份有限公司
	電話：03-3589000（代表號）
	傳真：03-3556521
郵政劃撥	19000691 成陽出版股份有限公司
印　　刷	海王印刷事業股份有限公司

出版日期	2008 年 1 月　　　初版
	2017 年 1 月 5 日　初版二刷
ISBN	978-986-6873-49-2

定價　220 元

Copyright © 2008 by　Lo Chih cheng
Published by **INK** Literary Monthly Publishing Co., Ltd.
All Rights Reserved
Printed in Taiwan

夢中邊陲/羅智成 著；--初版，
--新北市中和區：INK印刻文學，2008. 01
面：14.8×21公分. --（文學叢書；177）
ISBN 978-986-6873-49-2（平裝）

851.486　　　　　　　　　96022719